© 2018 alex k.
1. Auflage Februar 2018
Herstellung & Verlag: BoD - Books on Demand, Norderstedt
Printed in Germany

ISBN 9783746056159

alex k.

kÖnigsland

Trilogie

> im anfang schuf der herr himmel und erde. <

...ich schließe das buch.... ..besehe mir den einband.....

...und heute...

...sein, oder design...   das scheint die frage.

als profiteure der menschlichen und gesellschaftlichen degeneration zu der s i e mit der ehrlichdestruktiven intelligenz einer fliegergranate nicht unwesentlich beitragen, tun sie was sie immer tun.
sie machen i n v e n t u r.

über den ozean sinkt dämmerung.

...meine narrensprache straft und beleidigt die kÖnigsfamilie;
...ich trage eines meiner gemälde durch die langen gänge des schlosses und mir ist klar das ich ob dieses artefaktes gerädert, viergeteilt, kastriert
& geköpft werden kann, zeigt es denn die listige
g i e r der kÖnigsfamilie in all ihrer unerbittlichkeit....

die summe aller untätigkeiten.

das dreitageskraut in der kalesse ist ausgeschwemmt von regenwasser....die dachschindeln am küchentrakt sind seit monaten undicht, und das - um die wahrheit zu sagen - aus blankem G e i z .

KOCK, der in schwefeliger agonie dahintreibende, unablässig betrunkene chefkoch wird heute dreiwasserkraut auftischen lassen, was den kÖnig wohl verzücken wird.... ...er, der kÖnig, ist ein exemplar von inzuchtfolge der vierzehnten generation und so ist ihm einiges an unterscheidungsfähigkeit bereits abwesend.....

ARTEX, der tollwütige haushofhund wartet auf eine günstige gelegenheit sich zu revanchieren;

für all die tritte.

die gerüche biegen sich hinter den heizkörpern....
> was ist es ...? < ..frage ich Kock.
> kampfer, spitzwegerich & alraun....ich werde es dreiwasserkraut nennen, klingt nicht so... ...so..
...a l t ..wie „ dreitageskraut ",...was meinst du..? <

>..ja. klingt frischer, ..dreiwasserkraut. <

der kÖnig möchte nicht nur das ihm alles gehört, er w e i ß das ihm alles gehört, so auch der genuß, ...alles an vorstellung, das meer vor seinen türen, ...jede imagination;

die abstrakten begriffe, deren inhalt, ja selbst die philosophischen irrtümer darüber.
a l l e s.

alles meint alles.
alles kennt keine ausnahme.

ebenso der küchendunst ist bereits ins inventar aufgenommen.
das selbst der genuß i h m gehört, das verwundert weder seine frau,... seine tante VALERIE,...noch erscheint es clarissa, celestine oder cleopatra, einer seiner drei töchter absurd oder entlegen, das alles, wirklich alles in des Vaters kammern ruht.

nein, niemand verwundert es;
es ist normal, und ebensonormal das ihnen von allem nur der schatten bleibt.
sie sind des kÖnigs, so unantastbar, & das genügt ihnen.

....

V A L E R I E schwebt in die küche... sie tritt nicht ein, s i e e r s c h e i n t ...
....jede bewegung ihrer filigranen gestalt scheint vom zentrum ihres beckens auszugehen...

geschmeidig.....
                    .....l e i c h t ... wie atmosphäre selbst...

...ja, s i e s c h w e b t.....

der wald ruft Kock.
pilze fehlen. für das abendmahl.

....einige schritte vor der schwingtür reicht VALERIE das wort an ihn:

> pilzkontrolle...?..

....KOCK,....der wald und seine wesen ...denken anders.... .... <

...eine kurze verklärung in seinen augen lässt ahnen das er in gedanken kurz bei jenem von VALERIE angesproch'nem weilt, ...sein nicken zeugt von einsicht, & er entfernt sich der küche mit einer olivgrünen papiertüte.....

> VAL....< unser blick begegnet sich ohne verzögerung, unsere seelen einen sich im moment.

klar.

von der tiefe aller zeiten.

sie sinkt an mir hinab...öffnet im sinken den verschluß meines kostüms....ich nehme die mütze ab.....die schellen bimmeln leise.... ich werfe sie wie ein frisbee...... ...melodiös einen sich kalessenklang und narrenschellen... h e i ß ....ehe der rhytmus des ewigen uns beide gänzlich verwandelt, vergewiss're ich mich, das die k a l e s s e sicher & weit genug von uns steht.....
...e s s e n   i s t   k o s t b a r .

...alles andere von Kock's geschirr splittert zu boden, wird zu müll....und wechselt die rubrik in der INVENTARLISTE.

Kock hat den pilz gefunden....

.....er versucht den wolken zu unterweichen....
bäuchlings gelegen robbt er im laubig
feuchtfrischen duft des mooses....taucht in die erde
und v e r s t e h t, - was E S bedeutet.

ARTEX zerfetzt clarissas leib.

...der unwiderstehlich k l a r e, o f f e n e,
s e h e n d e blick vergewaltigter frauen.
...ist es die H U T - die ungebrochen in ihnen
weilt....? ....eine mengung aus hellwacher vorsicht,
dem unbedingten willen zu überleben....und dem
m a ß l o s e n e r s t a u n e n, über die gewalt...?

...durch ein unbekanntes gemisch in mir treffen
diese blicke ohne hindernis in die tiefste meiner
seelen...

sie sind das schönste geblickte das sich sehen
lässt. ..von solch klarheit, ob alle zeit schon längst
& für immer von hier wäre.....ja .
In diesen augen wohnt ewigkeit .

zeit fällt ....vom nichts ....ins nichts....

ruht, in sich.

sie, ist e i n o r t.

Kock robbt am nächtlichen waldboden…erklimmt keuchend einen baumstumpf und setzt sich.

bleiben, ist nirgens.

....

clarissa blutet leise.

wimmert.

....

in Osaka springt ein 47jähriger mann namens Kinh vom balkongeländer seiner wohnwabe.
bis sein körper am steinpflaster des vorhofs aufschlägt ist er creative director eines softwareunternehmens namens
> Osaka spring solutions <

einmal, ein erstes und ein letztes mal, sich einfach: fallen lassen.

....

…meine reservemütze ist pink & blau. zu ihr habe ich kein passendes kostüm.
…die narrenschuhe sind spitz, ein andenken aus anatolien….

Gräfin Maria von Plümmelstein, eine entfernte cousine des Königs, (eine cousine dreiundzwanzigsten grades) stets im selben bodenlangen pastellgelben strickkleid anzutreffen, immer etwas weggetreten, ...mitunter mystisch verzückt.... hilft ab und an im haushalt;
s i e war es, die mir zwei pastellgelbe quasten an die anatolischen pantoffel nähte....

mein outfit ist ein desaster.

> extemporier' er mir ein liedchen...! < ruft der kÖnig salbungsvoll...

> oh s i r ..sehr gern, ...ein kantabile würd' meiner stimmung entsprechen, ist 's genehm...? <
er nickt geübt gütig und so stimme ich an.....

TRACK 1

der könig mampft pralinen..

dann & wann sieht er nach seinen konkubinen...
doch meistens langweilt er sich auf dem schloss....

er nimmt von allen viel und reichlich,
auch von jenen die er gar nicht kennt.....
ansonsten, ißt er viel & reichlich...
und ist manchmal präpotent....
der könig, zweifellos ein mann von welt, -
- jedenfalls solange seine staatsgewalten zu ihm halten
- und der status quo sich so erhält....ist manchmal, etwas launisch....

und klappt's dann - wegen dem fortgeschritt`nen alter mit der verdauung mal nicht so, - dann heißt es die häupter in sicherheit schnell bringen... denn der könig.... erläßt exekutionsbefehle.... auch vom kloooooo......

ich schließe am spinett mit einem pannonischen phantasiegriff;

> amüsant...amüsant..!. <   ...ist der kÖnig wohlwollend.

unsere instrumente fügen sich inwendig den anderen. niemand herrscht.

die musik macht uns demütig in einer schönen weise.

solange ich meine texte in c-dur oder a-moll darbringe ist alles in bester ordung; das einzige kunststück an diesem narrenjob ist, das ich des kÖnigs stimmung erfühle, und die tonlage entsprechend wähle. es ist unabdingbar das meine frage bereits seine antwort enthält.
E R darf nie in die verlegenheit kommen, sich etwas wünschen zu m ü s s e n.
so gibt es einen raum in mir, der des kÖnigs ist,
in dem nur E R, & all meine achtsamkeit bei seinen gesten ist;
E R ist über mich gekommen, - ist über mir.
mein ÜBERICH.
   ...obschon ich dies mit allen bürgern teile, unterscheidet uns, das ich - den der ich bin - d i r e k t an des kÖnigs gold'nen schüsseln labe...

..keine beete. kein acker. kein garten.
nur gnade für gefälligkeiten nähren mich....
für die bürger gilt, sich jener diffuskafkaesken,
immer anwesenden doch nie fassbaren angst
welche die kirche, die reichen & das regime über
jahrtausende hinweg gesäät, instrumentalisiert,
und so institutionalisiert haben, nicht bewusst zu
werden.   sie sollen funktionieren.
funktionieren als produzenten, funktionieren als
konsumenten,   funktionieren   als
reproduktionszellen.
so verdient die kÖnigskaste mehr als zweimal, an
all den stummgemachten.

..keineswegs nur des kÖnigs jugend, er ist erst
dreiundzwanzig,   auch   mein   purpurgrünes
harlekinkostüm & die bimmeln an meiner
narrenkappe feien mich vor vielem. im besonderen
schaffen mir diese drei ingredienzien einen raum
von gewissen freiheitsgraden in dem sich die
spirale   des   permanenten   redesigns   meiner
narrenfigur naturgemäß immer höher zu drehen
beginnt, den grenzen des selbstgefährdenden
immer näher kommt, um morgen schon mit jenen
grenzen zu spielen,... aufdas es mir selbst nicht
langweilig wird in diesem ewigen schloß.......

....ja, und magsein, es ist auch ein wenig
sehnsucht anbei etwas neues steigen zu lassen
am türkisgrauen horizont all der wiederholungen.
die sehnsucht, etwas unbekanntes zu lernen.

Tote säugen die unterdrückung.

etwas, will von mir begriffen werden.
will, das ich nach ihm greife. will in mich.

....

Havana / Kuba. das arbeitszimmer Ernest Hemingways unterscheidet sich von dem Leo Tolstoi's augenfälligerweise durch die an den wänden in dichtem nebeneinander angebrachten trophäen.
tiger löwen antilopen elefanten zebras gnus.....
linkerhand, wie ein altar im raum, ein übermannshoher ebenso wohlbestückter gewehrschrank.
in wahrheit, sind beide räume völlig ident.
es ist
ein und derselbe raum.

Hemingway selbst, - nach dem morgendlichen Bourbon - welcher sich in den vormittag hinein bereits vervierfacht hat, - eben darin versunken gewesen mit äußerster sorgfalt den kopf eines wasserbüffels abzustauben, - schenkt sich noch einen Bourbon ein. nr 5.

...ein seltsam unentschiedener tag....
er verschließt die zimmertür, zieht die schweren vorhänge zu, fischt sein " privates buch " aus der schreibtischlade & beginnt zu notieren....

" .. rhapsodie der unentschiedenheit...
.....jemand, dessen existenz ich immerzu geahnt habe, jemand, den ich stets zu übergehen wußte, jemand der stets wahrhaftiger schien als ich, Hemingway selbst, und der, so weiß ich, der große quell meiner kraft war, gleichzeitig jedoch, - hätte ich jemals in meinem tun innegehalten um diesem

wahrhaftigen Hemingway raum zu geben, - es wäre des abenteurers und des schriftstellers augenblicklicher tod gewesen.

..tiger, löwen, antilopen, elefanten, zebras und gnus..... ...welch gefräßiges leben...

...mit einem male scheint mir als hätte sich die zeit verändert....als hätte i c h die zeit verändert...
...als wäre ihr fließen ihr genommen, ihre fähigkeit ein nacheinander herzustellen...

hier in den wänden meines zimmers die all meine geschichten bergen, die so viele waren und aus soviel unterschied'ner zeit.... ...geschichten die sich ihren platz in den vergilbten tapeten gesucht haben in jenem augenblick da ich sie gebar...
...im selben augenblick noch zu vergangenheit
& bedeutungslos für das heute wurden...
...echoloses verhallen....

....was in den händen das sie schreiben macht...? .

geschichten, ihrer ureigenen bedeutung längst enthoben... ..flüchtigfragile augenblicke....
verbogen und verfälscht, verwittert durch die jahre....

...dieser morgen hat mir das täuschende bild des währenden genommen, wie ein sherpa mich geleitet & geführt an die lebenslängliche einzelhaft am inneren meiner haut....

...ich fische nach wahrem in der unausweichlichkeit des halbdunklen... meine gedanken rasen in einer wirren hysterischen flut... zersterben wie glühende tabakkrümel einer zigarette die man bei achzig meilen aus dem wagenfenster wirft... ...im rückspiegel der zeit sehe ich die zentrisch wirbelnden orangen sterne - wie sie sich wütend in die fahrbahn bohren.... ...wie ein schwarm verrückt gewordener glühwürmchen.... "

>   ...wie   ein   schwarm....   ...verrückter glüh....wüüühhrmmm.m...<   entfährt es schwach Hemingways lungen.... seine hand öffnet sich, der füllhalter fällt, einen kleinen tintenfleck am kopf des ausgestopften senegaltigers der seinen schreibtisch bewacht hinterlassend.... und rollt hinter den vorhang......

Hemingway, in dessen tiefstem seelengrund sich ein erkennen formt welches bewußt zu begreifen sich Hemingway weigern wird, wendet sich - einem aus nachtschwarzgrüner dunkelheit zu kommen scheinendem impuls folgend um neunzig grad.
sein blick fällt durch das glas des waffenschrankes, auf seine elefantenbüchse.
Remington.
einst extra für ihn, Ernest Miller Hemingway, angefertigt. überreich an kunstvoller ziselierung in welche nun zärtlich sein blick versinkt..... in die vertiefungen der brünierten krater schlingt sich sein ganzes sehen... ... in die ornamente und rosetten, die geschlungenen zeichen die sich von silber aufpolierten rändern in die tiefe winden... ..und es scheint ihm, als wären jene geschwungenen gravuren eine art geheimer schrift,

eine letzte botschaft, welche nur für ihn gültigkeit besitzt und die zu enträtseln auch niemand anderem vorbehalten war, als ihm. jetzt.

seine elefantenbüchse.

er steckt sich den lauf in den mund und drückt ab.

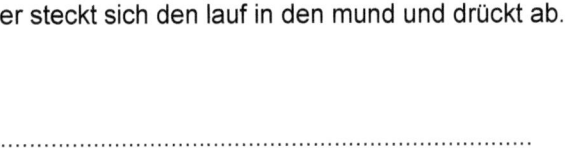

....vor dem geträller stieß ich mein gemälde in den tiefsten aller schatten der zu finden war....
...eine doppelwand am eingang zum thronsaal....

....mich verbiegend angle ich nun danach.....

clarissas blut färbt seidenimitat.   Ich fasse mein bild.

Karoly, einer der diener mit pathogenem mundgeruch paradiert an mir vorbei....der saal verschluckt ihn.....
...er kündet den besuch von BARON K., des kÖnigs besten freund....

das leise „...ling.. „ einer schelle...begleitet den artefakt aus dem schatten....

> w o o o o o o o o o h i i i i s s s s s s th m e e e
e e i i i i n liiiiiieeeeeberrrr frrrrreeeuuuunndh ? <
stürmt der kÖnig mit ausgebreiteten armen aus
dem throhnsaal…

er sieht mich.

DAS GEMÄLDE.

etwas in meinem gehirn erfriert.

> ooooooohhhhhh ... .ein neuesssh werk h ??
...l a s s s e s s s s e e e h n ! <

kein Ausweg.

ich reiche es ihm.

er betrachtet.

....ein wesen aus hysterisiertem geschnatter &
erdbeerkaugummigeruch nähert sich springend....
die stimmen hallen im kathedralen gang, werfen
sich von den wänden in der weite des flurs
wieder.....überschlagen sich im echo …

…zwei.... der kÖnigskinder.

clarissa nicht.

…sie wollen ins obergeschoß, eines der vielen...
...ich öffne ihnen freundlich die tür zum lila salon;
sie verschwinden hinter brodiertem samt....
und ich, in gedanken um mein mögliches ende.....

der kÖnig ist konzentriert.

> ....es ist hübsch. …aber…ich kann......es nicht.....dechiffrieren.... <
entweicht es ihm versunken….

> die gesetze die man hier schreibt SIR, sie sollten durchdrungen sein...von den geboten der Götter. <
kommt es unbedacht unter meiner mütze hervor….

> jahh ? < kÖnigt er.

ich entschließe mich zu wahrhaftigkeit.
zur wahrheit, wie sie in mir ist.....und ich fühle ich tue dies nur deshalb, w e i l e s
        i n d i e s e m m o m e n t
    m e i n e r s t i m m u n g e n t s p r i c h t.

> S i r, eure macht, sie ist aus angst gemacht. <

…Baron K. nähert sich indes in begleitung von Gräfin Plümmelstein…
des kÖnigs Frau watschelt den beiden am langen gegänge hinterher…..

        ohh Gott. das ist des narren ende.
            das, ist das narrenende.

> jaaaaaaaaaah….? < …verwundert sich der König schon etwas abgelenkt vom anschlurfenden besuch….

die erhab'nen häupter sammeln sich….

acht augen achten auf mein gemälde;

es misst in etwa siebzig mal achzig...
...ACH, wär ich nur woanders inkarniert...
der in diesem augenblick sinnlose vorsatz, die
kommenden inkarnationen a c h t s a m e r zu
sein zwirbelt sich um meinen corpus callosum....

> wie heißt es? < fragt die kÖnigsfrau.

> ...es nennt sich " DIE INDIVIDUALISTEN "... <

> ALLE ACHTfsUNG ! < lautlispelt die
pastellgelbe Gräfin.....

> was tun...? < fragt der kÖnig.

> NICHTS ! ....nur w o r t e bringen machtlose zur
macht, ..SIR .... < antworte ich.

clarissa stirbt.

> also ...NICHTS ? < vergewissert er sich,
unablässig das gemälde betrachtend....

> wer keinen norden hat, dem fehlt auch der süden
nicht. < zitiere ich.

> aber das volk,....die ...w o r t e ....?? < zweifelt
er nach...

> sie haben keine ! < ruf ich überdreht und wackle
dazu aufgesetzt grinsend mit dem kopf.
die schellen bimmeln.

Todesglocken.

bedächtigkollektives nicken.

ich bin nicht immer meiner meinung.

…außer Baron K. scheinen die mich umgebenden durchaus etwas irritiert.... dennoch möchten sie das gemälde gerne im inventar wissen.

sie sehen sich nicht; dösend angekettet mit den fesseln der berechnung.
ja, sie wollen, das ihnen a l l e s gehört.
besonders, reformistische tendenzen.

…………………

Tat Twam Asi

…………………

> …w i i i i i e g e e e e e h t's? < freundlicht der kÖnig zu Baron K. ....

…BARON K. setzt bedächtig an:

>………ungeachtet der eigentlichen bedeutung die ich deiner frage innewohnend wähne, möchte ich dir die subjektivemotionale ebene betreffend folgendes antworten: ...wie einem Tunnel. <

> …? wie einem ...Tunnel? < erstaunt sich der kÖnig.

> ja, stets. ..wenn ich so darüber sinne, immer schon....sieh mein lieber kÖnig, der Tunnel selbst...ist n i c h t s. er ist e t w a s...umgeben von etwas das nicht er selbst ist.....so empfinde ich mich in der welt; ...der, der ich bin, wird reflektiert.... ...zurückgeworfen vom ihm umgebenden.....
so fühle ich mich s e i n ....<

> in extenso bitte! < fordert der kÖnig...

> ...das war es bereits. < entgegnet Baron K.

> ...aber du bist doch BAROOOOOOOON!! <

> ...was bedeuten titel & rolle...? ...sagen sie denn das geringste über irgendein's das gewicht hätt' vor den göttern...? ...im ewigen? <

> ....und das eigentliche....? < weicht der kÖnig aus...

> ....nun > WIE GEHT'S ? < ist eine profunde, tiefgreifende, und mit bestimmtheit nicht umsonst die wohl m e i s t g e f r a g t e frage auf diesem planeten. ....fürwahr, eine inflationär verbreitete frage nicht wahr?.. ...wäre es nicht denkbar das jene deshalb so unzählige male oft gestellt wird weil einer vom anderen zu erfahren hofft - w i e e s g e h t ? ....wie es bestellt ist um die letzten zusammenhänge des seins, wie alles leben, die welt, das multiversum funktioniert......?
.....auch ich wüßte allzugerne w i e e s geht....<

> was also wär'....die antwort arbiträr...? < reimt der kÖnig.

> ich weiß es nicht. < entgegnet der Baron.
> ihr wisssst es nicht? <
> nein, " ich weiß es nicht " - wär die arbiträre
antwort. <

> aja. ….   ….jaja, wir sind nicht sehr verläßlich
in der gedeuteten welt. <

>...wohl nicht mein lieber kÖnig, doch wüsste ich
w i e es geht, ...eines würd' ich ändern an diesem
masterplan....<

> ...das wär ... - ?.. <

> ...das man jung, gesund, ...straff & prall
bleibt.....beim alt werden. <

> du bist mir aber e i n e r r r r r !... < lacht der
kÖnig >...sag, hast du zeit auf eine karaffe..? ich
bekam   vom   Kaiser   aus   China   einen
seltsamfruchtigen reiswein.....und erzähl mir, wie
geht es deiner hübschen radiosendung? ..bist du
noch   auf   sendung...?....ich   komm'   der
staatgeschäfte wegen ja soooooooooooh selten
daran dich zu hören... ....wir trennen jetzt der
waffengeschäfte   wegen   das   politische   vom
ökonomischen   und   schaffen   die   staatliche
daseinsvorsorge ab um den kapitalbesitzern noch
ein   paar   kunden   mehr...
...eeh....zuzuführ'n........<....

.....eingehüllt   in   des   kÖnigs   redeschwall
verschwinden die beiden im throhnsaal....

die kÖnigsfrau ruft ihre kinder....
eine inventurliste ...rollt durch die luft... ...zu boden.

dünnes papier.

langsam gerinnt clarissas blut in der
spätsommersonne.

....

ich suche meine kemenate auf, schäle mich aus
dem narrenfrack & werfe meinen zellverband
auf die orange altzerschliss'ne chaiselongue...

da ich nicht weiß was in den himmeln ist, es jedoch
gerne sehen würde, schließe ich meine augenlider.

die räume sind offen.   ganze zeit über.

in gedanken danke ich Baron K.;
sein besuch rettete mir das narrenleben.

einer gründet eine kirche der angst.
er ist des kÖnigs intensivster feind, doch der könig
traut der bürgerdummheit grenzenlos & genehmigt
subventionen.

über dem ozean steigt nebel.

ein Tankwagen fällt um.

selbstgespräche am fahrrad und ungewöhnliches parken im ländlichen bereich.
tief in den gottverlassenheiten, da gibt es jede menge davon.

eine fliege landet auf clarissas kleinem leichnam.
sie pappt ihren rüssel gierig ins stockende rot,
und der, der ungebrochen ich bin, komponiert
(in voraussicht) noch eine Ballade.

TRACK 2

2 = nicht 4
und eures is nicht meines
meines ist nicht deines
und eines ist nicht keins

2 = nicht 4
und 7 wird nie 3 sein
heute isses frisch
und morgen kanns vorbei sein

2 = nicht 4
und meines ist nicht deines
unsres is nicht eures
und ..eines ist nie keines

2 = nicht 4
und 17 wird nie 3 sein
heute isses frisch
und morgen kanns schon vorbei sein

2 = nicht 4
und 17 wird nie 3 sein
heute bin ich hier
und morgen kann ich weit sein

2 = nicht 4
und 17 niemals 3
heute isses frisch
und morgen schon vorbei

....

..stumme kemenatentür....

....in ihren augen schimmern die farben von
gestern....   ...sanft   hebt   VALERIE   ihr
bronzeoranges kleid und sinkt u n e n d l i c h
l a n g s a m   in meinen heißen mund.....
.....der sie erwartet....immer.

i m m e r.

....

die kÖnigsfrau bestellt neue vorhänge für das
gesamte schloss.

Annie Sprinkel läßt sich bei einer performance
ihren   gebärmutterhals   vom   publikum   mit
taschenlampen ausleuchten. sie will damit zeigen
das ökonomische verhältnisse die menschlichen
entscheidungen beeinflussen.
ein hoffnungsschimmer am selbstreflexionlosen
horizont des ordinierenden.

noch, heiratet man.

Angst.

vor dem alleinsein.

all eins sein.

schmerzfabriken.
kinderhöllen.

ohne zahl.

....

die fliege kriecht unter fleisch im zerfetzten
oberschenkel.

Kock kehrt indes aus dem wald
zurück.....erdverschmiert.

dunkel.

...innehaltend, umringt von den shilouetten der
bäume, eingehüllt in modrigem dunst, auf
stummen, mit feuchte durchtränkten blättern; die
sinne klar, vom tun des verbotenen erfrischt,

horcht Kock in das wallende schwarz des unterholzes....
der fahle geschmack von den belanglosigkeiten des tages verflüchtigt sich aus seiner mundhöhle.... keine bewegung, nur dunkelgrün ahnend, nach einigen schritten, sich langsam duckend...
lauschen....

....nur sein herzschlag, wenig gedämpft vom mageren körper, hallt im leichten nebel wider.
gefahrlose stille....
...noch ein paar schritte ... eine brise vom meer mengt sich in den duft beregneter parkerde....
...ein stoff der ihn erinnert... ...lockt.. ...zurück in eine zeit, als er kind war....

...jene zeit, als " Welt " eine unbestimmte, vor allem unheimliche größe war; ...jene zeit, welche ihm in rückschau anmutet wie der stete versuch das schillernde metall der zwänge zu biegen, bloß ein k l e i n w e n i g zu beugen unter der aufmerksamkeit der erwachsenen, die jene unerbittliche H E R R S C H A F T übten über seine zarte, so verletzliche wirklichkeit....
...der stete versuch emporzutauchen aus der chromoxydgrünen brühe seiner wütenden sehnsucht nach, und hoch hinaus in a u s g e l a s s e n h e i t....

....jener kindzeitkerker der überquoll von maßregelungen, verbotschildern und untersagungen, und worin Kock im grunde noch heute seine zeit mit dem versuch verbringt, die tückisch und perfid' geschnürten knoten des verziehungskorsettes zu lösen; die fauligen

Dämme protestantischer unethik, welche durch unablässige indoktrination in seinem kinderkopf errichtet wurden, umzustürzen.

nachtmövenschrei .

....die bilder und empfindungen des vergangenen verdichten sich zu einem transparentschwarzen turban, und er weiß, darin hocken nun jene zeiterinnerungen und warten geduldig auf den nächsten moment seiner rast...

..er fühlt rostigen maschendraht, geäst berührt seine seite... Kock fädelt den turnschuh in eine der maschen auf halber höhe des zauns, schwingt sein gewicht darüber und landet federnd auf gras....
...nun schützt seine gestalt kein blattwerk, kein blätterdach mehr, nur der gute schlaf der ringsum wohnenden vor der schmach des entdeckt werdens.

sätze wie:
" EINBRUCH IST KEIN KAVALIERSDELIKT "
" EINBRUCH IST EIN KAPITALVERBRECHEN "
und:
"   ABER   ES   IST   JA   GAR   KEIN EINBRUCHSDIEBSTAHL " ...leuchten kurz in seinem kopf...

...ein moment des zögerns zeugt ihm davon das auch die angst mit ihm ist.
er überwindet sie mit den schritten die ihn ans fenster bringen, welches nur angelehnt, und das er mit leichtem druck einer fingerspitze öffnet....

...leise knarrend, das betagte holz des fensterrahmens, schwingt sein kühles glas nach innen....
...eine ähnliche bewegung wie vorhin am zaun, ...geschafft!
es war vieles leichter als er dachte....

im schwachen schein der nachtlichter, der in das innere dieser behausung dringt, erkennt Kock eine kredenz, eine herdstelle, kühlschrank und abwasch....
...er bemerkt von einer seltsamen ruhe getragen zu sein,   ...und   duft...   ....von   .....
...dreiwasserkraut....?....??

...seine kleine taschenlampe taucht einen oft benützten schaukelstuhl aus bambus in farben.
er wendet sich zur seite....
...der lichtkreis der lampe fällt auf gegenstände die eigenartig vertraut auf ihn wirken....
....was trieb ihn hierher.... ....?

...das klingeln eines telefons zwei zimmer weiter, dringt in sein bewußtsein....
er schaltet das licht an um nicht über den teppich im vorraum zu stolpern, dessen ränder von schmutz, stellenweise starr und aufgebogen, eine falle sind....

> ..eeh...Kock,...ja bitte...? <

> haaallooooooh.... ich bin's, ..Mona. <

> Mona..? < fragt Kock....

> Mona !<

> ja ....? <

> habe ich dich gestört..? ...was machst du eben?
< fragt sie weiter.

> ..mmh, ...ich habe eben eingebrochen, ...
.....bei mir selbst......<

die fliege legt neunzehn weiße eier in clarissas
totes fleisch.
wenig später stirbt auch sie.

> was...?......w a r u m? < fragt Mona.

> ich wollt' sehen wer da wohnt. <

....

ein ehemals hochrangiger, von den ultrarechten
jedoch ausrangierter mitarbeiter des Mossad
erwirbt in der absicht seinen lebensabend in
kÖnigsland zu verbringen eine villa in einem
nobelbezirk von Vin, der hauptstadt von
kÖnigsland.

er versucht über die guten beziehungen der
jüdischen gemeinde zu den stadtvätern einen
polizeibeamten vor seiner villa postieren zu lassen.

63 tage später hat man offensichtlich verifiziert inwieweit dieser wunsch begründeten ängsten oder eventuell leicht hypertrophen tendenzen seiner selbsteinschätzung entspringt, so bedient man ihn mit einzigartigem vinerischen charme.

man lässt einen Papp-polizisten vor seiner villa am asphalt festschrauben.

....

meine lieblingsmütze ist trocken. ein leichter duft von dreiwasserkraut umspielt mich.
es riecht grün und frisch ....

elf himmelskörper.
elf töne....
elf farben.

es ist elf.
in   meine   kemenate   fällt   licht....es   ist sonderwunderbar still diesen morgen...

kein wind. nur weltraum.

noch ist es fast elf.
vormittags.   irgendwann,   ...in   irgendeinem september.

            ...stille ist all das, was wir nicht hören
können.

Plesscott der gärtner betrachtet versunken den park.

von dem was die musik und die natur in ihrer harmonie gemeinsam haben, möchte er lernen.

es ist nicht mehr elf.

zeit in die stadt zu fahren, an meiner gitarre fehlt ein saite, die laute braucht einen neuen bogen & ein digitaler 16spur mixer wäre schön und zukunftsweisend.
ein remix meiner gesänge steht an.

... ich starte ein solarmobil aus dem königlichen fuhrpark und bemerke erfreut das sein aggregat nahezu vollkommen aufgeladen ist....   von wem eigentlich?
von der sonne ...oder von GOTT?

...reklametafeln wischen vorbei als würde ich in einem buch blättern.... ..
...meine netzhaut registriert geistlose botschaften über sex und mobiltelefone.
vor allem sex & mobiltelefone. plakatierte ideologie

...der katechismus des normativen ist unverändert.
das regime lässt seine fünf narren tanzen um den anschein einer f r e i e n gesellschaft zu wahren;
in wahrheit sind diese fünf beamteten staatskünstler sehr harmlos.
mehr oder weniger talentierte, die hochsubventioniert den taglang polierte & angepasste werke im dienste der propaganda produzieren.

...kollaborateure, gebunden an das showbiz und staatliche subventionen.
von den beseelten sehen sich ausnahmslos alle der staatlichen repression gegenüber. man entzieht dem schaffenden die lebensgrundlagen, stört das schaffen, oder, man zerstört das werk.
aufgrund der medienpropaganda die mit der macht im bunde ist denken viele das diese form der staatsgewalt in kÖnigsland nicht ausgeübt wird, faktisch aber ist die repression unabhängig vom jeweilig politischen regime seit jeher konstant.

der freie künstler ist von natur aus der feind der staatsmächtigen, die ihrerseits von natur aus in ihrer haltung totalitär sind.

am ende der küstenstrasse zu stadteinfahrt staut es wie gewöhnlich.
ich stehe im stau.

schöpferisches dasein duldet keine formulierte ordnung.

zweiunddreißig fliegen.

nein, ich stehe nicht im stau.
ich BIN der stau.

....

es gibt kein größeres kunstwerk als das des tagtäglichen tags.

....

448 larven.

die ersten 17 maden schlüpfen aus dünnen cocons.

soldaten w a r t e n auf den krieg.

ein lieferwagen voll mit kartonagen staut nebenmitmir auf mittlerer spur. DIESEL. ventile schickern. ich schließe das fenster meines solarmobils da mir die letzten untersuchungsergebnisse dieselruß betreffend bekannt sind.

...das lackkleid an seinem wagen, das balzkleid, es ist safrangelb.....
...einer meiner noch echten zähne schmerzt leicht...(nr.2 süd.)

....das rythmische trommeln des dieselmotors lädt ein zu einem lied....

TRACK 3

etc.etc....

gold, aspik, und schöne wörter, etc. etc...
roter wein, bilsenkraut
und könig, dein gesicht zerbricht
bitterkeit... ganz eng... ganz weit... etc. etc..
zähne aus tellern
möbel aus karton
und herzen aus plastik
und herzen aus plastik

strom vom e - werk
atem von gott
kümmel von den türken
myrrhe aus Daschkent etc.etc...
spaßausbeute   parenthetisch   bemerkter
sachverhalte... etc. etc...

die maden würden alles verzehren. ob clarissa
oder nicht.

unserer stimmung entsprechend pflücken wir aus
dem bunten der ganzheit, der sichtbaren und der
unsichtbaren welt, unsere tägliche wirklichkeit.

Plesscott betrachtet.

...und : liegen nicht weite teile unserer hoffnung in
diesem ewigen MORGEN...?
 ..hören wir d e s h a l b nie auf damit, kinder
herauszuziehen in diese welt?

....

Mexico City. in Jack Kerouacs Kopf streiten alkohol und morphiumalkaloide um die vorherrschaft... ..etwas in seiner seele birst.... ...er sitzt mit einem huhn in der goldenen küche der zeit, im gewaltigen nirvanaglanz einer samstagnacht, während sich Tristessa vor dem spiegel einige male kräftig auf den hals schlägt damit ihre schlagader hervortritt; hastig gleitet die nadel hinein und Tristessa drückt den stempel bis zum anschlag.

....

....die einzigartigkeit der tage verschwindet in den wiederholungen ihrer selbst...
...geht unter, in einer zu großen zahl.

manche töten für einen parkplatz.

....ungewollt, aus unvorsicht, dringen bequeme harmonien von popmusik in meinen gehörgang.
wissend darum das die verborgene harmonie tieferes bedeutet als die offensichtliche, flirren bilder von pyramiden an meinem inneren entlang.... ....
                              .....pyramiden....
verborgener sinn.

ich wähle einen mixer namens PHONIC MM 1202 XP...

...so innig jene momente sind in denen ich mich wegwünsche aus dem kapitalistischkalten das den menschen in die seelen gekrochen ist wie ein fluch aus Dante's hölle, so spürbar mir das mich umgebende den plasmakörper eines magengeschwürs ausbildet, so sehr die digitaltechnik das von Nietzsche so beschworene element des beschaulichen hinwegfegt, so verlässlich diese alles beschleunigende technik aus dem kurzzeitgedächtnis ein n u l l z e i t g e d ä c h t n i s machen wird, und so dem wortbruch tür & tor noch weiter öffnet, ...so sehr wir mit ihr bei gleichzeitig kürzerer technikhaltbarkeit auf g e r ä t e zur wiedergabe unserer geschichte angewiesen sein werden, so sehr das digitale aus der menschheit eine erfahrungslose eloquente masse von idioten machen wird, weil sie ebenjenes nimmt wodurch wir lernen, das sinnliche, ...sosehr die digitaltechnik die überheblichkeitsschwebebahn zur allerletzten remise ist, - dieser mixer hat einige soundeffekte die mir außerordentliche freude bereiten werden....

noch bin ich, wo ich bin; und noch, unfähig wirklich wirksame wirkmächtige wirklichkeitsverändernde prozesse zu ersinnen, und das, obschon ich Tor TOR an TOR mit dem FISCHKOPF selbst wohne.

meine Lieder & meine Gemälde zeichnen sich in diesem moment als eher bescheidener versuch innerhalb der pole von gerechtigkeit und dekadenz etwas zum besseren zu wenden....

....selbst im hintersten hinterland fühlt man, das ohne ethischen minimalkonsens keine gesellschaft auf & mit diesem planeten überleben wird; dieses minimum wird hier in kÖnigsland wie anderswo

durch die endlose gier der aristokratie perforiert;
diese gier, längst zu gewalt geworden, zu jener der
sie entstammt, wird zu inflation, zerfall & krieg.

wie jeher.   wie jeher.

als keiner der fünf staatsnarren, kein offizieller, als
also bloß einfacher angestellter des hofes, (nur
unfallversichert, nicht pensionsversichert)   fühle
ich zweiheit.
...hat man mich s a t t gemacht... ...mit billigem
essen? ...ist es genprogramm müde zu werden an
einem bestimmten tag?
...ist es in keinster weise müdigkeit, sondern
vielmehr das erkennen das alles in seiner zeit vor
sich hingeht, und wir da sind wo wir sind ...weil an
keinem anderen ort irgendetwas anders wäre..?

...wird die revolutionäre glut, ...die ungebrochen im
verborgn'en klug in mir weiterzusinnen scheint,
wird sie zu jenem feuer das aus den tiefen dunklen
gängen meiner herzen & gehirnwindungen
k l a r h e i t, und damit eine
g e n i a l e   l ö s u n g erhellen wird?

oder ist all dies, jenes warten auf das morgen das
nie kommt ...?

siebenundachzig fliegen.

....

in der Viner Neubaugasse springt eine junge frau
aus dem vierten stock.
das zwischen ihren schulterblättern gebrochene
rückgrat krümmt ihren rumpf seltsamunnatürlich
nach oben.
dunkelgrauer pullover. hose gelb.
nahezu alle die springen, tragen gelb & schwarz.

licht & dunkelheit.

zerrissen.

hier, auf dieser seite des unbekannten existiert
alles nur in beziehung zu etwas.
....diesen systemkreis und all seine agiteure
einfach zu belassen wo sie sind; das hier
waltende, mich v e r w a l t e n d e, mich
mitverwaltende belassen, und mich simplerweise
einfach verpflanzen..?.
leib samt seele.

in unvergiftetes land... wo immer dieses geworden
sein wird. ..wo immer, es wird.

ich angle mein mobiltelefon vom beifahrersitz und
wähle Gräfin Maria von Plümmelsteins nummer.
kurzwahl auf der 8.
...ich erzähle ihr gehegten gedankengang; sie
kichert mehrmals glucksend und ich bin nicht
sicher ob sie mir ausreichend folgen kann; als ich
ende entgegnet sie jedoch unvermittelt & mit klarer
stimme mein entwurf gleiche etwa jenem, das:
> zwei parallel liegende makkaroninudeln, nur in
der unendlichkeit geschnitten werden können. <

..naja,...mag sein es ist nicht die blaue Blume von Novalis, doch denke ich es angenehmer meine idiosynkratische grippe in der sonne auszukurieren, als im schnee, und mache dies als ziel, als invariante in mir fest. als illusion.
als idee mit zeitfakor.

wenn M.F. nicht mit den göttern selbst telefoniert hat, dann m u s s es einen raum jenseits der macht geben.
ich werde ihn finden.
wenn sie, d i e m a c h t nicht mehr i n m i r ist, wo sollte sie dann noch sein?

auf einem plakat:

man hat sich wahrhaftig "penisverlängerungspillen" ausgedacht.

ist DAS nun das ende...?

....

ihr pastellgelbes strickkleid hängt säuberlich gefaltet über dem schaukelstuhl
(Thonet)

...das geräusch der dusche ist verklungen...
sie denkt daran... ...Professor von Plümmelstein fühlt es... .....er entkleidet sich... geht durchs zimmer.. ...lehnt sich nackt an den türstock zum bad ...

....langsam gleiten ihre hände an seiner brust hinab, etwas wüstes mischt sich in das forschende ihres blicks ehe sie ihn seinem abwendet und damit sein geschlecht besieht.. ...nur mit den fingerspitzen berührt sie seine erektion, wie etwas überaus wertvoll, seltenes... ...durch eine zeitlupe öffnet sich ihr mund...

ja, ihr mund, der Professor von Plümmelstein - am faltenspiel das ihn umgibt - an den afterring eines betagten rüden erinnert...

Professor von Plümmelstein hatte schon vor jahren beschlossen bei dieser euphemistischen sprache zu bleiben, für sich im stillen, denn er wusste, wenn ihm bei der betrachtung ihres mundes jemals:
> wie das arschloch von einem alten hund <
einfallen sollte, es vorbei sein würde mit ihrer ehe, all den erinnerungen, mallorca, fidschi, borneo, ostsee, ... alles vorbei. unabdingbar.
...aber noch schwebte dieser alte hund in sprachlosigkeit, weitab, etwas nordöstlich über ihnen, und hielt ungedacht und ungesprochen abstand von jenem raum der ihr gemeinsamer war....

ihr mund ist heiß, und das ist es wohl was die magie hat das überhaupt geschehen kann was geschieht... ...ihre vorsicht bekommt etwas zärtliches, vertrautes;....
....die hitze die Professor Plümmelsteins geschlecht umgibt, und welche ihm bis zu diesem moment eine art " duldungsstarre " bestehen ließ, ...löst sich von ihrem bild und dankt sich der fähigkeit die näheren umstände zu verdrängen....
seine erektion, ist nun gänzlich seiner phantasie überlassen.

Professor von Plümmelstein ejakuliert 14.281.578
kinder in Gräfin Maria von Plümmelsteins mund.

gerne schluckt sie alle, und er denkt es sich gut.

wer will schon vierzehn millionen kinder?

niemand.

....

Gräfin Plümmelsteins pastellgelbes kleid ist klug.
s i e, ist klug.
wie ihr blondes haar das sonnenlicht reflektiert, so
tut es die krone ihres cousins.

die edelsteine der krone, strahlen selbst nicht....
...es ist aus reflexion g e b o r g t e s licht,
doch sagen sie dem der es nicht weiß: hier steht
ein gott, denn die götter allein sind herr des lichts.
die glasfassaden der prestigebauten, der weiße
saum am königlichen purpurrock, all der schmuck,
die kupfernen dächer der kathedralen; die kronen
und siegelringe, des papstes weiße kleider, all das
gold, der weiße bühenrock von Elvis P., - und
Gräfin Maria von Plümmelsteins pastellgelbes
strickkleid.

alles nur, g e b o r g t e s l i c h t.

....

912 larven in clarissa. 156 maden.
appetit, unmäßig wie spanische goldgier.

jeder körper in diesem universum bewegt sich in seiner eigenen zeit.

.....wind fegt über den ozean, ...hebt wellen empor.....wirft sie an den strand... zerstiebt salzigen schaum......wirft das fenster an clarissas letztem zimmer zu... ..und auf ...und zu ..und auf ..und so heftig zu das es geschlossen bleibt.

die masse der maden wird nicht zunehmen. keine fliege m e h r.

...der, der ununterbrochen ich sein muß....ist unterwegs an diesem strand...wo ich nach einer flasche Gin.... nach hause.... ....versuche zu gehen......

roter lieferbus.
die von der königsfrau bestellten neuen vorhänge werden geliefert.

aus burgunderroten gehirnzellen werden die kassiber geschmuggelt, auf denen jene geschichten stehen, an die wir glauben wollen.

jeder, ist in seiner bahn.
keine ist die des anderen.

die zeit, ...wenn unsere körper wieder zu erde werden, und sand....
....die häuser...und alles, wieder zu sand... zerfällt....
...dann wird man wohl c-mos bausteine & sonstige chips aus uns machen...
aus sand.   eine sandzeit will kommen.
eine wasserzeit.
eine lichtzeit ? häuser aus LICHT ?

....

der König beauftragt mich ein marschlied zu schreiben. für die armee.
für marschierende soldatenlippen. damit das marschieren leichter fällt...sagt er.
dem König einen wunsch abzuschlagen hieße, mir meinen kopf durch eig'ne hand abzuschlagen.
für den König ist es > nur ein lied <....

azurblauer ozean.
cleopatra spielt mit ihrem neuen schwimmreifen am strand..... wirft ihn vor sich her...er rollt ein stück......fällt wieder um.......sie packt ihn abermals mit ihren kleinen armen.....wirft ihn.....

...ein marschlied ist das l e t z t e was ich komponieren möchte.

diese frequenz, schwingt nirgens in mir;
oder dort, wo keiner von all jenen die in mir wohnen, jemals zugegen war.

....

dreihundertsechsundachzig maden.
ein unterarmdickhandtellergroßes stück von clarissas aufgeblähtem leib fehlt.

....

> wann wird man je verstehen <

das ist das einzige was mir an text zum thema einfällt.
alles an textfall, seit stunden. ..und der, ist nicht von mir. ....

Pastoralassistent Döttelberg spaziert am strand.... ...frühabendlich....in seiner rolle...
..kalotte & talar ...für september hier....vielzuschwer, der viele stoff....
....und schwarzgeschnürte lederschuhe, polierter glanz.

mittags bei tisch achtete er penibel darauf, das die menge des fleisches auf seinem teller,...
den beilagen überwog.
seltsamerweise war dies exakt - auf das milliardstelgramm genau - jene menge die am oberschenkel von clarissas leichnam bereits verzehrt.....
...er bleibt stehen und .....blickt.....nicht allzuweit........
...der schwimmreifen hüpft ......schräg....legt sich kreiselnd......wasserzungen lecken rythmisch an der bucht.... .....der bunte schlauch wird bedeckt mit feinen körnern von zermahlenem.....
....schaukelnd....leicht angehoben durch die

welle........cleopatra neigt sich.... ..ihre hand umschließt eine muschel.... *arctia caja...* ....elfenbein und warmes schillerndschwarz... ....wind.....die bilder des wesens das diese muschel belebte, fluten ihr inneres...... sie versinkt... in ozeangeschichten......tief.........schlangenbunte fische.... .....
    ....und seltsam ...w a s s e r l o s.... ...der schwimmreifen treibt hinaus.....
..den horizont im kurs..... ...endloses dunkelblau......

...mich entsinnend das kock einst militärdienst geleistet hatte, mache ich mich auf den weg zum küchentrakt um ihn nach textlichem rat zu fragen......

> ..militär... ...militär... ...ach gott.... < murmelt er...
> ....ich weiß nur eines mein lieber, halt dich fest, für dieses amerikanische weißbrot, dieses ....äh.....unnatürlich flaumige, dafür gibt es ein backtriebmittel namens f 720, ..es wird aus menschenhaar gewonnen... ...dieses haar sammelt man in kasernen.... natürlich, dort macht es der mengen wegen sinn zu sammeln.... ..wenn wir also dieses weißbrot essen, - essen wir soldatenhaar...! ...ist es nicht g r a u e n v o l l ? ...?
..die schwingung von berufsmördern zum frühstück unter der marmelade in den mund geschoben. die schwingung von söldnern & marodeuren unter dem käse zur nachmittagsjause in den mund geschoben.... GOTT hhhh... wie mir e k e l t ! <

>....weißt du, ich hab' das einmal den ministern bei gelegenheit erklärt,... sie haben mir kurz zugehört und meinten, ich soll' doch eine schriftliche eingabe machen... ..natürlich ist - wie immer in kÖnigsland - n i c h t s geschehen. sie haben
n i c h t s verstanden; n i c h t s. sie verstehen nichts, weil sie nichts f ü h l e n.
es interessiert sie nur eines: G e l d. <

> was habt ihr für lieder gesungen Kock ? <

Kock hält in der bewegung inne, streckt den schöpflöffelhaltenden rechten arm zur seite und blickt mir tief in die augen:

> ..lass mich nicht in diese zeit zurückgehen...
b i t t e ...<

> verzeih, ich hätt'es fühlen müssen. eh'ichfrug. <

...er nickt & widmet sich wieder seinem alchemistischen kulinarium;
...durch die großen glasfenster im küchenanbau in dem Kock seine kräuter zieht fällt mein blick auf Plescott. wie meist steht er entspannt im park und betrachtet....... neben ihm,.....die sonnenuhr....
....achzehn....uhr ! v e r d a m m t !!! .....flur .....treppe... ......lila salon.....roter salon......noch eine treppe.......ritterrüstung fällt scheppernd... ..arm bricht,....kullert abwärts....... ..eisenhandschuh zerfällt.......ich...weiter aufwärts.......flur..... ..kemenatentür... auf - zu - v e r s p e r r e n !

a c h z e h n u h r f ü n f. radiophon einschalten. ....springe mit einem wohlfreudigen
> tsssaaha! < auf meine bettstatt....

**BARON K. präsentiert ungewöhnliche
Personen & ihre Unannehmlichkeiten**

BARON K.: lieber herr Professor von
Plümmelstein, sie haben beim letzten kongress der
friedensforschung eine etwas gewagte theorie
aufgestellt....

Professor von Plümmelstein: ...ja, das habe
ich.

BARON K.: ..würden sie uns etwas darüber
erzählen? es hat etwas mit gewalt zu tun, nicht
wahr..?

Professor von Plümmelstein: ..ja, das hat
es. ....wissen sie, früher als ich noch ein junger
friedensaktivist war, dachte ich,...das mit liebe und
geduld, mit ähh... argumentativen sytemen die
innenseiten der menschlichen köpfe... ...also
sozusagen zu erleuchten wären...; ich glaubte fest
daran, das mit inspiration und
transparenteschwingen auf demos der frieden
sozusagen in den köpfen installierbar sei, und das
es nur eine frage der zeit sei bis argumentation
das verstehen schafft, das ääh... eines tages die
waffen und armeen von dieser hübschen erde
verschwinden....

BARON K.: ..was stand auf ihrem transparent
das sie auf diesen demos schwangen?

Professor von Plümmelstein: ..ich hatte zwei. auf einem transparent stand gar nichts, es war transparent ! ...eine ähh...abstrakte botschaft sozusagen, und zwar, das nicht jener friede anzustreben sei der das gegenteil von krieg ist, sondern ein friede der quasi darübersteht. wissen sie, im polaren system der erde, der grundbedingung des irdisch - erdlichen gibt es immer zwei dinge die sich abwechseln; tag & nacht, ebbe & flut, heiß & kalt, und so, nach dieser bedingung, muss sich also auch immer frieden und krieg abwechseln. das führt zu nichts, das führt nur zum nächsten frieden, und zum nächsten krieg; es ist völliger unsinn nur eines von beiden zu wollen. ... und eben das sollte dieses transparente transparent sagen ....das ein friede anzustreben sei, der einer übergeordneten ordnung entspringt.

BARON K.: ...so wie heiß und kalt ein angenehmes w a r m ergeben?

Professor von Plümmelstein: jaaaaaaa, genau ! sie sagen es, kein extrem also. kein krieg!
....das dumme an diesem ääh...transparenten transparent war, das die botschaft nicht bei den massen ankam....

BARON K.: ...die botschaft dieses transparenten transparentes war also zu ....transparent...?

Professor von Plümmelstein: ja. sie sagen es, dankeschön. daraufhin machte ich mir ein neues, da stand drauf, warten sie, ...was stand da ....?.......ach ja, da stand:
" solang die welt sich nicht befrieden kann, wird gras geraucht, denn pot ist fun ! "

BARON K.: das stand da wirklich drauf...?

Professor von Plümmelstein: drauf?...ääh ja, das stand da drauf. damals als ich noch jünger war ...und drauf... ...aber wie das so ist in der forschung, man wird älter und weiser.
eines tages begriff ich das mit worten und warten nichts bewegt werden kann. auch die liebe Ulrike Baader Meinhof ist ja zu keinem anderen schluss gekommen.....

BARON K.: da wären wir glaube ich bei ihrer gewagten theorie angelangt....?

Professor von Plümmelstein: ja. die ist gar nicht so gewagt, man muß sie nur wagen...
...ich ging davon aus, wie es auch den tatsachen der welt entspricht, das es auf dieser welt also eine gehörige zahl von, äh....verzeihen sie, ..das es auf dieser welt also eine gehörige zahl von machtgeilen motherfuckern gibt, die dieses endlose spiel: krieg - frieden - krieg - frieden - krieg - frieden, aus profitgier und ähnlichen gründen äh..vorantreiben, und immer am laufen halten. ich habe also den logischen schluß gezogen das, wenn man diese machtgeilen motherfucker von der erde entfernt, also nur mehr friedliebende menschen in frieden friedlich dasein würden....

BARON K.: ..von der erde entfernen...?

Professor von Plümmelstein: diskret natürlich. eine neun millimeter in den kopf und ruhe ist. das ist sauber und absolut zuverlässig. ich habe, falls es viele sind, auch schon ideen ersonnen wie dem beizukommen wäre. die idee eines art schlachthofes gefällt mir dabei am besten. das ist zwar ein wenig blutrünstig, aber bedenken sie bitte, das wäre das allerletzte mal auf dieser erde das etwas blutrünstiges geschehen würde.....man kann das ja auch durchaus als performance designen, oder als letztes ritual das grausame engültig von diesem äh...entzückenden planeten zu fegen....ein environment sozusagen....

BARON K.: ...eine äußerst interessante idee, frieden zu schaffen auf dieser welt. ...sagen sie uns noch, was aber hat das mit vorhin erwähnter philosophie der ausgelichenen mitte zu tun...?

Professor von Plümmelstein: ...bezüglich erwähnter philosophie der ausgeglichenen mitte, muß ich ihnen sagen das ich diese für einen sozusagen friedensfanatischen jugendirrtum halte.....ausserdem ist sie buddhistisch inspiriert und völlig langweilig. ich bin für das töten, weil ich für den frieden bin, f i g h t   f o r   t h e   p e a c e !! ....verstehen sie...? nur das bringt was, anständige waffen zu haben, kanonen, abc - waffen, giftgas, ..womöglich, das ist sehr grausam aber effizient, flugzeugträger, A und H bomben,...all das hübsche gerät, das muß man gegen die richten die es gegen einen richten wollen.......

BARON K.: ... aber herr professor, dann hätten wir ja andauernd krieg....

Professor von Plümmelstein: ....ja. aber irgendwann wär ruhe.

BARON K.: ...lieber herr Professor, sie scheinen mir etwas bewußtseinserweitert zu sein, in höchstem maße ....da auf ihrem transparent damals " pot ist fun " gestanden hat, haben sie noch mit anderen substanzen experimentiert um tiefere ebenen von bedeutung zu erfahren, ...dem wesen der dinge auf den grund zu gehen?

Professor von Plümmelstein: ....ja. L S D. unglaublich.
magic mushrooms...w u n d e r v o l l....<

....

419 maden.

.....420.

....

Jean Améry, KZ nr. 1 7 2 3 6 4.
Westbank 2003. kinder in israelischen fadenkreuzen.

die geschichte erzählt nicht, sie fragt.

und wir geben Antworten;
gute, und weniger gute.

....

ich habe ein vorstellungsgespräch bei gott.

jeden tag.

Wotruba, der musikalienhändler der stadt, zieht die rolllläden herunter. es quietscht....
....er visualisiert die rote ölspraydose....versucht sich zu erinnern wo er sie abgestellt hat....wann und wo er sie zuletzt wofür benützt hat.....unvermittelt, gleichsam über ihn kommend verdichtet sich in seinem inneren die gewißheit das ausnahmslos alle der größten rockmusiker dieses planeten, gewaltsam, durch die hand anderer, oder durch einen unsagbar grausamen tod wieder von hier gingen.....
er zieht den rollladen am eingang wieder hoch & übergeht zwei stufen zurück ins geschäft um in jenem dicken verzeichnis das die namen aller musiker enthält die jemals einen schallträger in diese welt geträllert haben, diesenseinen gedanken von ebenvorhin, der von irgendwo (?) kam, nachzuprüfen.

...als er den schlüsselbund neben das verzeichnis auf den tisch legt denkt er es sich gut das er diesen im blickfeld hat... ein schlüssel inspiriert ...einen neuen raum zu öffnen....

..der, der noch ungebrochen ich bin, beginnt in alten texten nach inspiration zu lesen...und notiere:

...gutentag, na hör'n sie mal, ich hab da eine idee - eine idee für eine welt - für eine welt ohne schnee, für eine welt ohne profitgier - die über leichen geht, für eine die geliebt wird - und die deshalb länger steht...

...eine welt der sanften denker - eine ohne krieger - eine welt ohne verlierer - und eine ganz ohne sieger, verstehen sie ?
eine welt ganz ohne - hierarchie.....

...dieses hier den generälen als marschlied abliefern......? .... andrerseits ergreift mich die vorstellung der marschkolonnen wie sie im gleichschritt in feindesland freundlich intonieren:
" gutentag, na hör'n sie mal, wir haben da eine idee....." (...phantasiere ich zu heftig wenn ich denke das dieser text imstande wär' die ausrichtung von gehirninsuffizienten schlächtern umzudrehen, ..also : n e u auszurichten...?)
....in den >..links, 2, 3, 4 takt..< würden sich jene zeilen ausgezeichnet fügen...
...ein blasmusikarrangement von den Deutschmeistern ...geborgt, ...die > ich`s < gegen > wir < getauscht, ...fertig !

kein zweifel. d i e s e s l i e d und kein anderes ist jenes täglich mantra das uniformierte gehirne brauchen.
bleibt nur ein ...e i n f e l: - soll ich es wagen ...?

Pastoralassistent Döttelberg findet den abend eine nuance zu lau.....

> ......was hast du da schönes gefunden.... ...mein.... ......hübsches ..kind? <

cleopatra blickt auf... > ...eine muschel.... < antwortet sie ...ihre hand öffnend....

er fasst danach... der schweiß an ihm schwindet.

....

in Kock ist leukämie.
wie alle mich umgebenden figuren jene spiegeln die in mir wohnen, so auch er.

er spiegelt jenen, der gehen möchte.

sich selbst zu ende machen; wir wissen.
den zeitpunkt unserer letzten wandlung bestimmen wir selbst.
ich seziere trojanische pferde aus meinem plasmakörper und desertiere in die träume ...

....

.... Nick Drake..... ?

w a r u m...?   Wotruba, sich fragend....

"...what a mystery...." denkt Wotruba...
....ungezählte namen und gesichter reihen sich der liste an.... ....Jimi Hendrix.... John Lennon.....
Jim Morisson.... ....und die mit dieser hysterischhohen stimme ......die > cry baby < sang...

Hendrix, Jimi: viner mischung, gewaltsam verabreicht durch agenten des SIS.
Joplin, Janis: southern comfort, heroin, eigenhändig.
Harrison, George: an krebs & gehirntumor gleichzeitig verendet.

ob ausreichender kenntnis seelisch-psychophysischer parallelismus wegen, wird Wotruba gewahr innerhalb welch bedingungen krebs zu gedeihen beginnt....;

langsam dünkt Wotruba sich klar des sachverhalts.

Lennon, John: kopfschuß. fremderhand.
Morisson, Jim: von agenten des DGSE & CIA ertränkt in einer Pariser badewanne.
Hölzl, Hans / Falco: von Linienbus gerammt.
Roy Black: aus dem fenster gesprungen.
als er seine eigene platte hörte. .... oder war das ..Rex Gildo..? ..oder waren die beiden dersselbe ?
Cobain, Kurt: schrotflinte, eigenhändig.

....

es muss einen unnützen raum geben, einen raum der immer frei und offen ist für alles neue und wo man in gedanken fortgehen kann.
wenn alles unter bedingungen oder dem verwertungsgedanken steht, wo kann man noch ein offen wort mit sich selber sprechen?
wenn es diesen freien raum nicht gibt ist lethargie stillstand tod mumiengeschwätz und stete reproduktion.
einen solchen freepoint muss es geben.
einer, reicht.

....

neunhundertvier.
sieben der cocons sind larvenlos.

eine der larven klebt an einem gehörknöchelchen;

die erste ratte, gelockt vom verwesungsgeruch, zernagt sie zusammen mit knorpeligen resten von clarissas ohr...

... clarissas kleiner körper bewegt sich in einer masse von kleinen weißen würmern, die ihn, so scheint es, wieder zum leben erwecken....innen ausgenagt fällt brustgebein in sich zusammen....faulig gedunsene muskelhaut bewegt sich mit der bewegung der würmermasse....

der Tod lebt.

dem musikalienhändler leuchtet das herz.

nur ein satz ist in Wotruba:

wo viel licht, dort viel schatten.

....

auf ihrem spiegeltischchen liegen 12 pastellgelbe tabletten Luminal.
Gräfin Plümmelstein beschließt das von allem genug war.
..sie betrachtet sich noch einmal im spiegelglas...
blickt sich tief in die blaßblauen augen...sucht das offene tor der iris.......und wartet, bis sie fühlt, das sie sich liebt.
sie nickt ihrem spiegelbild zu, so, wie man einer

liebvertrauten freundin zum abschied zunickt.....dann zieht sie sanft an der quaste neben dem spiegeltisch, die eine bimmel im zofenzimmer läuten lässt.....

mona weiß bescheid.

gegen sich selbst gerichtete aggression zeugt jene schwingungsebene, die den Tod lockt wie der kot die fliegen.

über dem ozean liegt dunkelheit.

ein schwarzes schuhband wird gebunden...
...mit dem sand vom schuh.... die einzige insignie misslungener transformation gestreift.

michael k. sucht (liegend betrunken) im dunkeln, in alten wörterbüchern nach der exakten bedeutung von GLÜCK.

wer sucht... wo es dunkel ist?

wer sucht ...inwendig?

....

> c e l e s t i i i i n e..? ...c e l e s t i i i n e...? ......
.......c l a r i s s a ....? < ruft die königsfrau...

ARTEX trottet müde hechelnd an ihr vorbei.

ihre töchter antworten nicht.

Karoly, der aus dem mund riecht, kündet mir die kÖnigsungeduld des marschliedes wegen....
...einige der generäle kämen konferenzlich, und das dies ein vorzüglicher zeitpunkt sei den truppen neue gesänge weiterzugeben...u.s.w....

> sag ihm das ich kommen werde...<   mutige ich mich....

> c l e o p a t r a....!? .....< .... ?

....

elf ratten.
fauchen.
es wimmelt und surrt.
..die fliegen sind zurück....dem speichel der ratten wegen...
spüren sie, das der ratten wegen.... clarissa für ihre eigne brut nicht reichen wird...?

knorpeliges & kleinknöcheliges. knochen knicken.

ich füge mich ins kostüm und mache mich auf den weg...

die durch übermäßigen reisweinkonsum vorzeitig abgetretenen generäle dösen in den ohrensesseln des throhnsaals.
der kÖnig lallt mir ein vorwufsvollwohlwollendes
> ...du ...gommst spääd...< entgegen.....

> ..verzeih er mir, nur so konnt' das werk gelingen..! <

der kÖnig rüttelt an einem der fünf generäle.....

Generalfeldmarschall Zwittring öffnet ein auge und bemüht sich aufzustehen. etwas wackelig salutiert er so gut es ihm blutalkoholbedingt gelingt.....

> ...mein g..gGkönig...? < ....?

>..dieser...derdaa.... (auf mich deutend) ...der mit den glocken am kopf f f f ..... hehe... ...der had ein kolonnenlied für unsere grieger ...ver...verfasst ! <

(Gfm Zwittring nickt...). >... singe er !.. < erklärt der kÖnig in meine richtung.....

...die schriftrolle knistert in meinen händen....

...das wüstlaute schnarchen General Laudensacks zwingt mich meine darbietung lauter zu gestalten als ich es angedacht hatte, so bleibt das einfühlsame etwas auf der strecke und das lied klingt unweigerlich kriegerischer....

WELT OHNE SCHNEE

gutentag, na hör'n sie mal
wir haben da eine idee
eine idee für eine welt - für eine welt ohne schnee
für eine welt ohne profitgier - die über leichen geht
für eine die geliebt wird - und die deshalb länger steht

eine welt der sanften denker - eine ohne krieger
eine welt ohne verlierer - und eine ganz ohne sieger - verstehen sie ?
eine welt ganz ohne - hierarchie

eine welt ohne hunger, und eine welt ohne gier
denn schließlich ja das weiß man, ist für alle genug hier
eine welt - für redende nicht bombende
für tanzende nicht richtende - für singende nicht drohende
für lachen - leben - springende - und niemals verrohende
eine welt ohne dummheit, ohne schizophrenie
und keine macht für niemand, nein für niemand nie
denn wissen sie
ethisches, ästhetisches und auch die moral
sind für, macht und kapital, längst überwunden
aber wir denken das war nicht die idee

die idee war eine welt ohne schnee
die idee war eine welt ohne schnee
eine welt ohne ohne schneeball - eine welt
ohne schneefall
eine welt ohne kniefall - und eine welt ohne
schiunfall
eine schneefreie welt, eine schneelose welt
eine welt ohne schnee
eine welt ohne schnee

ausser General Laudensack sind alle wegenwährend des vortrages erwacht.
Laudensack schnarcht.   sonst ist es still.
das hochspannungsgefühl den bogen aller bögen überspannt zu haben pulsiert in meiner hypophyse...

der kÖnig und Generalfeldmarschall Zwittring stehend illuminiert,
Generalmajor Seifried, Generalmajor Torbach, & der 4*General Kaspar Ludwig v. Himmel in den ohrensessel gesunkend betrunken, betrachten mich etwas nachdenklich, sonst aber undefinierbar.

> i s t e s n i c h t g e n i a l ? < beginne ich bimmelnd & überfreudig meine attacke....
dadurch focusiere ich die aufmerksamkeit, und der König vergisst jenes etwas an offenbarung, das den text betreffend unter seiner krone bereits gestalt angenommen hatte....

> ...geni ....a a a l..?... < wiederholt der kÖnig.....> ..genial..hm ? ....
....was ...denkst du, Zwittring ? < sucht er hilfe....

...Zwittring aber denkt, der König nütze die gelegenheit ihn auf die probe zu stellen....

außerdem erinnert sich der generalfeldmarschall, das der der ich bin des kÖnigs wohlgefallen an seiner seite weiß, etwas, das ausserhalb des schlosses durchaus nicht unbekannt....

> ..nunjaaaaaaah.... ....in..terr...esssssss.......ant! <
...versucht er zeit zu gewinnen...

der kÖnig blickt ihn unverwandt an.

der rest der generäle schweigt in furcht gespannt seitens des kÖnigs ebenso zu einer meinungsabgabe aufgefordert zu werden..... die gehirne arbeiten.... Laudensack schnarcht & ich versuche Zwittring telepathisch die silbe " tarn " zu übermitteln....

> ...jaaaa..? < stösst der kÖnig sanft nach....

> ....es ist   ...es ist   ...ein......darm....lied....<
...kommt es stockend aus Zwittring...

> wie? <

> ..es ist ....ein farn.. ...n'lied ! <

> ..er meint...? < ..versucht der kÖnig zu entwirren....

> JA! das ist es ! < schalte ich mich erneut schellenbimmelnd ein - ehe mein rettungsboot ohne mich ablegt....

> es ist ein TARNLIED ! . ...ein trojanisches pferd... ...aus musik ! ...seht liebe herren, wer könnt' denn böses von des kÖnigs truppen denken wenn sie solch gesänge aus den kehlen trällern..? ...einmarschiert, und flugs ist erobert was immer ihr begehrt...! <

in ebenjenem augenblick, als das wort > begehrt < meinem munde entwichen war, endet Laudensack sein schnarchen.

v o l l k o m m e n e   s t i l l e.

4*General von Himmel, der mir am fortgeschrittensten alkoholisiert schien bricht sie, die stille:

> ...fürwahr fürwahr! welch vorzügliche list der bursche da ersonnen ! <

....spontan erhebt es sich vierstimmig:

> .....jaaaaaaaaahhhh ....< und
> ..jaaaaaaaaaaaaaaaaaaaaaaaaahhh .... <
und > ...geeeniaaaaaaalst ! <
und:
>...jaja......jaaaaaaaaaaaaaaaaaaaaah.......
.....dooooch jaaaa ! ......<

nie fühlte ich deutlicher, das auch lob urteil ist.

die runde scheint mit einem male vollkommmen genüchtert und beginnt - fehlerfrei sprechend - sich in phantasien über neue eroberungspläne zu ergehen......

ich überreiche die schriftrolle, verneige mich gemessen und verlasse den throhnsaal.

die kÖnigsfrau stampft rufend aus dem grünen salon...
> c e l e s t i i i i n e..? ..... c l a a a a r i s s a..?
..c l e e e e o o o o p a t r a...? < ... sie verschwindet durch die pforte die zu den schatzkammern führt.....

  Gräfin Maria von Plümmelstein entschlummert sanft in ihrem pastellgelben bettzeug.

friedlicher kot düngt glückliche primeln.

nichts ist übrig.
alles hier

alles an vision
ist television.

....

die gerafften schätze, wirr getürmt, funkeln unter staub. die königsfrau steht vor ihrer tochter celestine, mit offenem mund, ..zitternd. ihr atem versteinert. celestine steckt in einem rubinbesetzten silberdolch.

bäuchlings, den kopf 107 grad seltsam nach oben gewendet........in der höhe ihres herzens ragt die silbrige spitze des einstigen gastgeschenks des persischen Großmoguls Schah Resha Pahlevvi aus ihrem rücken.

die ermittlungskommission wird noch am selben tag folgendes feststellen:

celestine turnte auf habsburgerkronen, platinstatuen, edelsteinbergen, kleinen truhen die halb offen münzen verstreut... über antikem gold.....und.....einem großformatigen antiken buch aus dem Kloster Salazar das aufgeworfen, einige seiten zerfetzt neben ihr liegt.......
dieses buch wird als auslösende ursache des unglücks angenommen....
im bericht wird die vermutung formuliert werden, sie hätte den goldnen juwelenberg erklommen und sei auf jenem buch zu stehen gekommen, welches alsdann in bewegung geriet und den unglücklichen fall in besagten dolch bewirkte.

die annahmen der ermittlungskommission stimmen mit dem tatsächlich geschehenen im wesentlichen überein.

das sie blutig starb bewahrte ihren jungen leichnam posthum vergewaltigt zu werden.
4*General Kaspar Ludwig v. Himmel erträgt es nicht, blut zu sehen.

....eben jener befiehlt dem Militärmusikkapellmeister Lüttgendorff - meine marschliedkompositionsschriftrolle überreichend - selbiges mit seiner blasmusikkapelle unverzüglichst einzustudieren.
eine leichte form von funktionalem analphabetismus lässt MMKM Lüttgendorff freudig unzweifelnd daran lektüre halten und tiefstergebendankend wegtreten.

ARTEX, der tollwütige haushofhund trottet die stufen zum dachgeschoß hinauf....

der ozean glitzert.

ein windhauch erinnert mich daran mein herz zu öffnen.

....

Mona, die zofe Gräfin Plümmelsteins, meldet dem kÖnig das selbstverursachte ableben seiner cousine. dieser ordnet routiniert ein tandemstaatsbegräbnis an.
sie solle gemeinsam mit seiner (?) tochter celestine beigesetzt werden, ...das spare unnötige kosten meint er.

der kÖnigsfrau ärgernis keinen innenarchitekten zu finden der das vorhanggewebe nach ihren vorstellungen an die fenster drapiert, nimmt sie vollkommen ein.
der unglückstod ihrer tochter wird etwas zweitrangig. dies liegt auch an den jahrelangen vorhaltungen ihres mannes (dem kÖnig) ihm keine s ö h n e geboren zu haben.
tief in ihrem innersten gibt es ein leises wohlwollen über den tod ihrer tochter.
keine tochter - kein vorwurf.

..doch, ...da waren noch... ...zwei......?
die kÖnigsfrau ruft nach Karoly, er solle ihr eine hohe leiter bringen, sie werde nun selbst versuchen die vorhänge " hübsch anzubringen ".

ARTEX wittert die knochen....

zwei nicht mit namen genannt werden wollende cousinen des kÖnigs buchen einen allinclusive-restplatz-touristenschließfach-pauschallangeweileurlaub.   Lanzarote.

last minute, club med, oder luxus total; selbst die königlichen häupter haben bereits vergessen, was eine r e i s e ist.
auch sie, machen bloß noch > urlaub <..... im wissen das ihr " leben " nicht mehr irgendeinem glelcht das man leben nennen könnte.
ja, selbst sie machen bloß noch > urlaub < um diesem " leben ", das zynisch dem leben gegenüber geworden ist, um diesem zynischen leben zu entfliehen.

entfliehen, zu vergessen;
entfliehen, nicht wahnsinnig zu werden im mehr
oder weniger stumpfen trott von erledigungsleben,
statt erlebniserleben.

ja. sie stellen sich ruhig.
nein, sie denken sich nicht einer abgestumpften
herde zugehörig, die mit billigen flugtickets in
einem billigen urlaub verschwinden möchte.

hauptsache weg.
fernsehen, nur anders.

die ratten wittern ARTEX ....und flüchten......
....er schnuppert an dem was sie übriggelassen ....

die antiökologische penetration des tourismus setzt
sich nicht bloß ungebrochen fort, die
provinzhonoratioren drehen die spirale zum
endlosen beton, zum ewigen skilift, zum dichten
schwarz der luft, zum tod a l l e r atmenden
wesen.
für & wegen profit.

in spanien hat man unglaublicherweisesogar:
strände betoniert.
als die erste flut in der zweiten ebbe verschwand,
verschwand mit ihr der künstlich aufgebrachte
sand.

....

niemand, ist ausserhalb seiner zeit.
ob das ende bedacht ist ?

Plesscott betrachtet den park.

knochen splittert.

....

der hochleistungssportler (10kämpfer) Gerhard H.
wird nach einem wettkampf von beamten des
kÖniglichen geheimdienstes,(abteilung K 22 / 4
des innenministeriums) in seiner umkleidekabine
durch ersticken zu tode gebracht.
man nimmt ihm blut ab um an die stoffe zu
kommen die HOCHLEISTUNG möglich machen.

....

in der Küche werkt Kock - einem gespräch des
psychologen Michael Bried mit dem pianisten
Glenn Gould in radiophon lauschend - am
vorbereitlichen zu einem Lammbraten......

Bried: > .....der tag ist tag, es gibt ihn nur einmal.
er wird unwiederbringlich vorbei sein und seine
chancen werden sich nicht wieder neu auftun...<
Gould: >......wie wundervoll sie das gesagt haben,
ich danke ihnen. ...
...dieses   w u n d e r   der vielfältigkeiten....
administrieren wie eine seite buchhaltung..?? ...in
jener verwirrung ...- z e n s u r p i e c c e p - ....
...die über der welt ... ...- z e n s u r p i e e e e p
- ...eine mißachtung des wes.......... ...
- z e n s u r p i e e e e p -.....<

...geschmeidig setzt Kock ein japanisches schwarzgegrifftes fischmesser an die butter um sie zu enfalten...

....>....was bringen wir unseren kindern in den schulen bei? das zwei mal zwei angeblich vier sein soll, ...und das die hauptstadt von Frankreich Paris heißt.
alles auf leistung & nut... - z e n s u r p i e e e e e e e e p - ....sgerichtet. ....funktionale möbel.
...kein geschnitzer tiger... nirgendwo. ...keine spur von - p i e e e e p - in den klassenzi-p i e e e p.
....wie sollen sie je ihre sinne für das - p i e e e e p öffnen...?
...? wie... - p i e e e e e e e e e e e e e e p -......
....wollen wir - p i e e e e p - tun dafür, das diese welt unsrer kinder würdig wird...? <

knochen splittern.

....

Arnold Schwarzenegger freut sich über die vom amerikanischen volk verliehene bestimmungsmacht über die unmittelbaren & zukünftigen kriegschauplätze dieser erde.
er wurde soeben zum 46. Präsidenten der Vereinigten Staaten von Amerika gewählt.

....

Gräfin Plümmelsteins innerartlicher suizid trifft nicht nur ihren mann, den friedensforscher ins herz, auch in meiner welt ist trauer.
unzulässig für einen narren, ich weiß. und doch, trauer.
vieles habe ich ihr erzählt.. ...unzählige sms.....
(der größte posten auf meiner telefonrechnung).....
Gräfin Maria von Plümmelstein. sie war klug, und niemals aufdringlich damit.

Plesscott, betrachtet im park.
eine pappel.

nichts trennt uns von pflanze und baum.

ich atme.
der weltinnenraum scheint vakkum und resonanz zugleich.

möven kreischen.....
...die uniformierten sonnen sich im glanz intellektueller unmöglichkeiten....

....

Kock schlachtet ein Lamm.

er tut es nicht gern, doch der kÖnig wünscht ein opfer.

Tote... Tote... Tote.
je mehr, desto besser.
Tote, um dadurch lebendiger zu werden
....irgendwie, weil man andere überlebt hat...

"....ein Lamm schlachten, ein Lamm schlachten......"...denkt Kock, ".....Lamm,....symbol der gewaltlosigkeit... .....das ist mein blut....das für euch vergossen wird..... das symbol der gewaltlosigkeit .... s c h l a c h t e n.....? ? ....wie absurd alles geworden ist... ...oder,.... war es das immer schon..?... ...ein paradoxes komplott......ein komplott des paradoxen....." .....murmelt Kock halblaut vor sich hin....
ekel steigt. ekel ist angst, Kock weiß... ...und er wischt sich Lammblut in die küchenschürze, sich erinnernd, dem laufenden wahnsinn dank seines blutbefundes bald abhanden kommen zu können.....

....

ängstliche wollen aus dem ird'nen hinausgeboren werden.

erwägbare güte.

tote wollen totes
geschirrspüler. automobile. lebensversicherungen. munition.

lebendige mögen lebendiges
blumen. tänze. schmetterlinge. sonnenstrahlen.
einen augenblick.

....

ich dichte.

verdichte gehirn.
ein gedicht.

VALERIE kommt.

a n m u t.

lichtere etagen.
das leben, wird kunst.

....

die schönheit, welch kluger zauber das doch ist.
ihr zauber ist instanz.

....

Scottsbluff / Nebraska, August 2043

inexistent.
zu isotopen zerfallenes kobalt.

....

Baron K. führt der todesfälle wegen ein beileidstelefonat mit dem König....

> ach, irgendwann muss jeder dran glauben. <
..versucht der kÖnig keine allzuheftigen gefühle steigen zu lassen......

....Baron K. klingt dieser satz im inwendigen noch sehr lange nach, ...bis zum erlöschen des kaminfeuers und weiter, tief in die zeit hinein....... ...langsam, immer wieder spricht er ihn vor sich her, diesen satz, ...spielt mit betonungen, bis ihm der fingerzeig in jener floskel klar wird......
irgendwann, m u s s j e d e r **DARAN** glauben!

eine gewißheit verdichtet sich im Baron.
das leben treibt sich nicht aus dem wissen sterben zu müssen, das leben ist dem leben inwendig.
das leben, kann nicht sterben.
es ist ewig.

ewig, und absolut

....

ab und zu ruft die kÖnigsfrau nach clarissa & cleopatra......in wahrheit jedoch ist sie vollends vertieft in das drapieren der neuen vorhangstoffe. sie wird unter dem vorwand von migränebeschwerden am gemeinschaftsbegräbnis von Gräfin Maria v. Plümmelstein & ihrer tochter celestine nicht erscheinen.

das schloss besitzt gezählte 2827 fenster inclusive diverser anderer glasflächen, welche man jedoch durchaus als eine art " fenster " bezeichnen könnte.

....am meer dahingetrieben begegnet cleopatras mehrfach vergewaltigter toter kindesleib ihrem verrücktbunten schwimmreifen..... ....sie kollidieren...sanft.... .....nehmen abschied.....
...und schwimmen ihres weges.....

da sein.
weg sein.

am weg sein.

....

der einst von Pastoralassistent Döttelberg zu fellatio gezwungene novize Peter P. behauptet, Pastoralassistent Döttelberg sei am tag von cleopatras verschwinden zu einem strandspaziergang aufgebrochen.

die ermittlungen der behörden werden jedoch bald im sand des strandes verlaufen.
Generalvikar Groher & Bischof Schönbirn spenden großzügigst für den polizeiball.

es heißt:

mit gerüchten wünscht man sich die ohren und die
seelen aufzuschließen.
novize Peter P. wird mit der begründung
> allgemeingefährdendes verhalten < für vier jahre
in die geschlossene psychiatrische anstalt
Behrenthal eingewiesen.

gerüchte, die eigenschaft besitzend keinen autor
zu haben, gleichen in dieser ihrer unschärfe den
erinnerungen einer kinderzeit auf's haar.
die zeit hat rückfahrscheinwerfer;
vergangen, ist alles golden.

gefühle desinfiziert.

....

das land ist kühl und hellblau. ich blicke in die
himmel. das erste mal an diesem tag.
...meine gedanken erheben sich mit jenem vogel
von dem man die concorde gekupfert hat...
...wildgans....über   land.....bedeckt   mit
produktionsanlagen.... apart bemalt in bunten
farben... ..

diese produktionsanlagen, sind sie die schatten
ihres nichtseins?

geschieht wahrhaftig alles was geschieht aus dem
wohlwollen des nicht geschehenen?

Mahatma Gandhi.
erschossen, fremderhand.

...yogis materialiseren sandelholz ..es rieselt aus krügen... ...ab und zu sehen sie ein stück technik an einem touristen baumeln und wundern sich über die umständlichkeit im physikalischen nach dem plan zu suchen....
sie wissen, der bau von genialsten dingen gelingt weil w i r   s e l b s t dieser geniale plan sind.

ein stück technik baumelt also an einem touristen.
oder schnickschnack.
aus PVC.
PVC.
halbwertszeit: 4 milliarden jahre.
da können die nachfahren unserer nachfahren von den nachfahren noch erfahren das wir nicht sparen an plastik:; an blauem, an gelbem, an transparent klarem.

natura post naturam.

noch ein babylon.

die tragödie der postmoderne ist die in zu vielen vorangeschrittene abwesenheit einer allgemeinverbindlichen ethik die uns wieder in unschuld retten lassen kann.

wir müssten es nicht, doch wir leben unbehaust.

....

mein platz am fenster spiegelt die wolken in meiner
teetasse.... so trinke ich die himmel....
unsere traumzeit ist uns verlorengegangen.

Kock findet ein frauenhaar im türkischen honig.
... wie ist ihr name..........?

er weiß die gerichte ruhen zu lassen eine
angemessene weile, damit die gewürze sich
ausbreiten können... ....wie samen im spirituellen.

> ich hab' ein gedicht geschrieben...< sagt er,
> ..es heisst: " Gin " - ..magst du's hören...? <
> ..klar. <

GIN

alles im ird'nen hat nebenwirkungen.

gin.

das ganze leben ist ein finanzproblem.

gin.

zuwenig gin, und gleichzeitig zuviel davon...

cin cin.

Kock spielt nicht schach.
es ist ihm zu kriegerisch.

auch keine schneeballschlachten.

aus demselben grund.

....

mein herz loopt den schlag. pumpt das leben.

ich schraube den deckel vom spülkasten am
klosett und lass' mein papierschiff in see stechen.

               a l o a h

....

rechtzeitig zum Lammbraten vollende ich mein
lied.
der kÖnig wünscht etwas "über das getier im wald"
zur lammlichen speise an sein ohr getragen...

TRACK 6

WALDAB

graben wir den wald ab   und machen beton
die blumen und die tiere   die nerven ja schon

keine aaaaaaameise und auch kein bär
stöööört uns beim picknick nimmermehr

keinen fuchs und keine haaaaaselmaus kann
man dann sehn
so läßts sich gut   viel besser   spazieren
gehen
graben wir den wald ab   ja das tut uns gut
keine steeeechmücke   trinkt unser blut

graben wir den wald ab   und machen fabrik
das ist mal eine ganz andere ästhetik

wamstig. ...der kÖnig nickt mit leisen lächeln.
fettiger mundwinkel.

ihm kräftiger in die suppen zu spucken, danach ist
mir.

ich fühle eine andere zeit und gehe.

....

eine uhr versucht mich zu erinnern.....
                                              ....an
meine erwartungen....
...an das innerhalb sein, inwendig der zeit...

        ...hinter mir im kosmos ist nichts.

keine ordnung....
...durch alle wesen reicht der raum....
                              .....

...der der ich bin ...streift das kostüm der identifikationen ab......

...mein wille spielt mit determiniertheiten ...

....bleischwarze kühle..... ....strömung von gleichzeitigem.... inn`rer mannigfalt ....losgelöst von universalien..... ....der der ich bin... schnittstelle von mythen....

....

Graf Leo Nikolajewitsch Tolstoi sitzt am schreibtisch in seiner jugendstilvilla in Karlsbad und ißt. ..seine frau kommt herein und trägt soße auf...

schmatzend kaut er und lächelt seiner Frau zu; dann legt er das besteck zur seite, blickt zu ihr auf und meint:

> die menschen sterben lieber als das sie denken.<

> ..ein axiom entdeckt..? < ...fragt sie mit dezenter bewunderung....

> ..mit dem allerletzten stückchen atem werden sie in die verweinten antlitze derer, die ihrerseits mit dem allerletzten atemhauch den letzten irrschluß zieh'n, ihren letzten irrschluß zieh'n.<

seine frau nickt zustimmend und in jenem moment da Tolstoi mit der gabel in die nächste röstkartoffel stechen will öffnet sich die tür zum arbeitsraum und die gestalt von Max Ernst steuert zielstrebig auf den zum esstisch umgewidmeten schreibtisch zu.

Ernst, welcher sich neben Tolstoi´s frau vor dem tisch aufbaut, fischt linkerhand mit einer elegantschwungvollen bewegung eine kartoffel aus der schale.....

kauendstumm blicken sie sich an.

> ich sagte, ..sie werden mit dem allerletzten ausatmen ihren letzten irrschluß ins diesseits hauchen.<

Ernst nickt.

..seine linke scheint sich abermals aus der schale mit einem röstkartöffelchen versorgen zu wollen, hält aber schwebend über der schüssel inne um den zeigefinger in Tolstois gesichtsmitte zu strecken.

> lieber Leo, du entschuldigst uns doch für einen augenblick? ich möchte mit deiner frau nur mal kurz in den park....<

> gewiß doch, aber ja, geht nur...<

Tolstoi beginnt den geduldigen versuch mittels einer halbierten kartoffel den saft des fleisches vom teller in seinen mund zu befördern. mit Ernst an der türe angekommen wendet sich ihm seine frau noch einmal zu....

> welch fröhliches gelb die kartoffel heuer in sich tragen....oder, ...ist es nur das licht...? <

> oh....ich denke, ...es wird das licht sein...<
..entgegnet Tolstoi schmatzend....

Max Ernst spaziert mit Tolstois frau zu einer parkpappel.... eine laue brise verfängt sich unter geäst... ...jede ihrer zellen, prall von lust.... ...für Max Ernst, für ihn, ist s i e vollkommene begehrnis... ...ihre anmut, ihre art sich zu bewegen, ihn zu berühren, ihn zu fassen, ihn zu trinken, s i e ist jene energie die ihn einnimmt wenn ihn nichts anderes einnimmt.

sie weiß das er es hassen würde, würde sie sich bücken, ihre anmut einer geste der unterwerfung hinwerfen... ..sie weiß das er sie hassen würde, und sie, sie würde sich selbst hassen...

....ihre münder verfangen sich... ...e r weiß, das sie seit dem verlassen des arbeitszimmers für ihn bereit ist...... fasst sie sanft etwas unterhalb der hüften... sie wendet sich im gleichen wunsch....legt ihre hände an die pappel und neigt den kopf leicht nach hinten zum hohl'nen kreuz.....

Tolstois frau ist eine der raren die sich ungeachtet tausender jahre domestizierung der lust an der lust augenblicklich animalisch ekstatisch enthemmt hingibt.

....

Artexhunger.

....

ich, ein narr, verbuche gedanken.

" alles geschriebene ist schweinerei... " ...flüstert Antonin Artaud mir in meinen sinn....

..einer der wenigen gedanken seiner, dessen bedeutung mir keine rätsel aufgab.

...ein fremder in einer fussgängerzone der stadt.... ....entspannt an einer laterne lehnend....
die eilenden passanten bemerken ihn mit misstrauen .....alles um ihn herum bewegt sich, erinnert an leben.
sein stillsein, erinnert

den tod.

alles reiht sich in die liste der unendlichkeiten

der kÖnig.   der fabrikant. der bettler.
die hure. der maler.

jeder elendet auf seiner ebene.

....

ungläubig starren navajos auf dieselstampfende rauchrodende caterpillar-planierraupen.

> ..sie ziehen der erde die haut ab... < ..sagt einer der jüngeren, das ende des schönen in seinen alle farben dieser welt spiegelnden augen...
rings um ihn wütet der absolutismus der kapitalismen.

man ließ sich verlieren.
unkonvivialer mord für profit.

....

kÖnigsland, später in der zeit...

die machtdünkelnden haben sich nun auch die
philosophen gekauft.
weniger das reflexive vermögen dieser gelehrten
ist für des königsgleichen von begehr, vielmehr der
glanz ihrer titel.
man lässt sie im radiophon und im fernsehen-
ohne-weitsicht auftreten mit der offensichtlichen
botschaft, keine zu haben.

alles ist in des kÖnigs ordnung. sie sind gekauft
wie die staatskünstler.
wie die justiz.
die zustände in kÖnigsland driften, im sinne des
kategorischen Imperativs, nicht zum besseren.

die suppen des volkes werden dünner,
die korruptiven gelder in stets dengleichen
pastellgelben briefumschlägen über die tische der
logen gereicht.

....

Tegucigalpa / Honduras, August 1979
Don Ramon Schneider übergibt M.P.Cerrier ein
kleines sandfarbenes ledersäckchen, ca. 50
gramm camotillo;

ein aus einer in den bergen Perus wildwachsenden kartoffel gewonnenes pulver, das abhängig vom zubereitungritual, den tag seiner wirksamkeit in sich trägt.
alterserscheinungen. tod. ohne nachweisbarkeit.

Marc Peter Cerrier lässt das säckchen in eine seiner rocktaschen gleiten....

....

die untersuchung gegen Pastoralassistent Döttelberg wird wie verabredet eingestellt.

...er sinnt darüber warum die suche nach wahrheit sich durch alle epochen hin erhalten hat... woher weiß man überhaupt von ihr...? ...wird sie stets verstoßen... und muss deshalb unablässig weiterwandern durch den raum der zeit.....?......
"....mit der lüge kommt man um die ganze welt... ...nur niemals bei sich selber an..." ...streift ein russisches sprichwort durch seinen kopf....
..er nickt in gedanken zu sich selbst, dann nickt er ein, diesen satz in seinen träumen:

" wenn auch die lüge des lügners etwas gelogenes ist, so ist der lügner doch ein wahrhaftiger, so wie auch seine lügen etwas wahrhaftiges sind "

als er nach 47 minuten und 12 sekunden wieder erwacht versucht er sich an diese worte zu erinnern.

es gelingt ihm nicht.

unruhe

....

> geld ist nur etwas wert, wenn es geist wird. <
sinniert Groher...
> immaterialität. spiritualität.   ja.<   entgegnet
Bischof Schönbirn.

sie sehen sich nicht an.

wegen besserem wissen, schweigen sie.

....

der narr & die leinwand.
das Weiß.   das NICHTS.
erwartungslose tiegel, gefüllt mit bunt.

.....im beiläufigen das zauberhhafte, im alltäglichen
das wunderbare zu erkennen ...

s e h e n

das, ist die übung.

....

kupfern schimmert der ozean.
die nacht fällt auf die dächer der stadt unter denen
rotglänzendschlingernde   eicheln   samen
verspritzen.   in haar   auf haut   auf laken
sonstwohin.

der tag, ist anderswo.

....

Tolstoi, der nach reichlichem genuss von lendenbraten, röstkartoffeln und weißem wein in schlummer gefallen ist, räkelt sich am diwan seines arbeitszimmers und spricht, unverständlich, wohl von einem traum befallen, als ihm ein dumpfer knall den mantel seines schlafs zerreißt.
in jenem moment kommen seine frau und Max Ernst vom parklichen ausflug zurück.
während Ernst mit gelöstzufriedenem gesichtsausdruck an der türschwelle wartet nähert sich seine frau und überreicht ihm ein telegramm.

> ..von einem gewissen Trotzki... <

Tolstoi, sichtlich verwundert als er den namen des absenders hört, faßt sich, im bemühen den bildern des traumes nochmals gewahr zu werden, an den kopf.

> ...ich hatte einen bewegenden traum, schweigt bitte einen augenblick sonst ist es mir unmöglich mich ihm zu entsinnen ! <
Tolstoi erhebt sich, beginnt im zimmer auf und ab zu gehen und zerknüllt aus inn'rer anspannung das telegramm Trotzkis in seiner rechten...
> aaaahhh! welch kulisse! welche farbenpracht !<
ruft er entzückt, hält augenschließend kurz inne um mit unveränderter begeisterung fortzufahren:
> doch wie geheimnisvoll, diese symbole... was mögen sie bedeuten..? ...ich muß umgehend Leon Bakst davon erzählen! <

> Leon Bakst? dem maler?< fragt Max Ernst vom eingang her.

Tolstoi nickt und beginnt zu wählen.

> ich möchte mit St. Petersburg verbunden werden, die nummer ist......703 7....24 75 <

während er etwas ungeduldig auf die verbindung wartet, erklärt er :
> Leon ist auf der suche nach einem neuen stil, lange schon, etwas neues, etwas noch nie dagewesenes... ...was mir träumte, diese bilder, das ist es, ...eine...unwirkliche realität....wenn es ihm gelänge jene quellen freizulegen... ...unglaublich... ! <

> Leon?.. < fragt Tolstoi, doch ohne eine antwort abzuwarten fährt er aufgeregt fort...
> hör zu Leon, unterbrich mich jetzt in keinem fall, ich muß dir von einem traum erzählen den ich eben hatte... ich sah,....ja, ich sah zimmer ..sie schienen zu schweben ...schwebende zimmer und kobaltblaue engel sah ich, welche die zeiger der zeit aus diesen schwebenden zimmern raubten ...ich sah liebende im widerschein eines schneegwölbes, fliegende gaukler, ziegen, die von kopf bis fuß rot, auf den dächern der stadt ihre von kopf bis fuß grünen jungen säugten... manche häuser standen auf dem kopf und auf ihnen saßen musikanten, ...über ihnen schwebten cherubinische gestalten..... Leon? ..bist du noch dran..? < ...?
> ..was..? ....wer? .....Chagall...? ....wann erwarten sie Leon zurück?...ohh, ...ja,....
....nun gut, dann werde ich später versuchen ihn zu erreichen, ...danke.<

....

achzehn uhr.

Artex kaut an clarissas linkem oberschenkelknochen.

....

Plesscott betrachtet.

....

Wotruba, der musikalienhändler verendet am beginn seiner dritten chemotherapie an leberversagen.

....

Artex leckt an den resten von clarissas fußgelenkknochen.

....

die flugabwehrgeschütze im schlosspark wurden seit dem letzten krieg zwar gewartet, doch nie erneuert. das budget für die boden - luft raketen und auch das für die alarmsirenen verschwand in den taschen der damaligen minister für finanz, wirtschaft & landesverteidigung. einer von ihnen hieß Dr. W. Scheissel. ein anderer K. H. Grass.

die zügellosigkeit der korruption legt zeugnis vom totalverlust jeglicher spirituellen dimension.

ein modellflugzeug. eine teilchenbombe.

alles leben zerfällt.

das schloss, der park, ...unversehrt.

clarissa vollkommen verdaut.

das meer wie immer.

....

...alle masken fallen.
jene der kÖnigsfrau zuerst. dann die des kÖnigs,
die der zofe Mona; hernach die masken aller im
land, die der generäle, die maske von Karoly, dem
mundhygieneabgeneigten   hofdiener,
Pastoralassistent Döttelberg's, die masken von
generalvikar Groher & Bischof Schönbirn, fallen.
Baron K.
auch etwas von Kock's antlitz... fällt.

novize Peter P. überlebt zusammen mit 27
anderen zwangsinternierten im keller der vom
zielgebiet der bombe weit abseits gelegenen
psychiatrischen anstalt Behrenthal.

VALERIE steckt in meinem Kostüm.

ich auch.

nur Plescott bleibt unveränderten ortes.
er, war bereits d o r t.

er betrachtet.

....

ein blick auf 27 junge kunststudenten fügt sich ein......ihre gedanken scheinen masse zu haben...... ..ihre furcht hat gestalt angenommen.
furcht, sich gegen die drachen zu erheben;
gegen die drachen der phantasielosigkeit, gegen die drachen des mittelmaßes;
furcht, den gottesdienst zu beginnen. furcht, vor dem eintritt in den orden, die furcht vor dem gebet.

sie sprechen von >...etwas f r e u n d l i c h e s malen ...< und > ..businessplänen.. <

...ehe sie zusammen mit den anderen erlöschen, werden auch Ch. L. Appersee und H. Schmolix sich einig, alles an ihrem tun unter das dogma des profits zu stellen.

27 jünger mehr eingerückt in den allerletzten unsinn dieser zeit.

aber nicht für lange.

....

söldner trinken essen und atmen sich in ihren stumpfsinn hinein.

sie vergewaltigen alles und jede.
zweiundachzigjährige nonnen, kleinkinder.
den feind zu demütigen, daran ist kein gedanke; tief inwendig glauben sie nicht an den feind.
sie rächen sich für die sexuelle allmacht der frau.

....

gibt es etwas schrecklicheres als das lachen eines
betrunkenen soldaten ?

egal welcher nazion

....

die kunstschmecker mit den katalogen unter'm arm
verdampfen mitsamt den museen .

von innen heraus.

werden selbst zum kunstwerk.

kein katalog.

keine erinnerung.

....

Teilchen.

alles fällt in seine schatten.

alles war.

mit zitaten, gedanken & wortfindungen von

Georg Sieberer
Sonja Muchitsch
Michael Krüger
Gautama Buddha
Karl Dvorak
Paul Friedemann
Nelson Mandela
Tom Petty
Bernhard Bleier
Jack Unterweger
Jean Luis Costez
Ulrich Horstmann
Peter Huemer
Alexander Bakos
Jack Kerouac
Karim Karloni
Peter Reisinger
Peter Weibel
Galsan Tschinag
Viktor Pelewin

& einem unbekannten
Autobahnbrückenpfeilersprayer
in Deutschland

DANKE

speziellen Dank

den nachbarn
dem leistungssystem
der produktionsgesellschaft
den straßensängern & den geldverleihern
den autohändlern & den plastikbällen bunt
der kirche
den elfen
dem unfaßlichen und den unfaßlichkeiten
dem jungen Celinè
dem alten Chinasky
und der logik des kapitals

....

sehr speziellen Dank

den pilzen, den marihuanablumen, den
blautraubenkelterern, mir selbst & allen die in
mir wohnen, den schriftstellern den
schriftstellerinnen, den tänzern, den
tänzerinnen, den malern, den sängern &
songwritern, und ganz besonders den
schauspielerinnen für all die offenbarungen in
anmutigkluger charmanz.

k Ö n i g s l a n d

> kÖnigsland < ist die fortsetzung von
> V I N < : VIN - das echo von kÖnigsland...

BAND 1: kÖnigsland:
teil eins: 4. dimension / teil zwei: 5. dimension

BAND 2: VIN:
reinkarnation (echo kÖnigsland) / 3. dimension

BAND 3: CURION Z 2:
s a m s a r a / rückkehr ins echo
parallelexistenz - Peter P. (P 1)